Variations Guesdistes

Recueillies et annotées

PAR

Emile POUGET

...hèque de LA SOCIALE

, rue Lavieuville (Montmartre) Paris

Bibliothèque de LA SOCIALE

Variations Guesdistes

Recueillies et annotées

PAR

Emile POUGET

BUREAUX DE LA SOCIALE

15, rue Lavieuville, *(Montmartre)* Paris

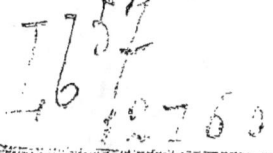

TABLE des MATIÈRES

Variations Guesdistes

I

PRÉLIMINAIRES

Ce n'est pas d'un phénomène nouveau que traitera cette brochure : elle ne fera que préciser quelques phases de la lutte entre les *Autoritaires* et les *Anti-autoritaires* commencée, il y a beau temps, au sein de l'*Internationale*. Depuis lors, seules ont varié les épithètes (1); quant au désaccord, il subsiste entier, aussi violent qu'à l'époque des *Bakounistes* et des *Marxistes*.

Au lieu de faire le récit des duplicités, des mensonges, des manœuvres déloyales et jésuitiques qu'ont employés, — et qu'emploient encore — les chefs marxistes, je vais me borner à republier quelques écrits, un peu vieillots, des *Guesdistes* les plus en vue, — à commencer par

(1) Jusqu'à environ 1878, les anarchistes se qualifièrent de *collectivistes*, — pour ne pas être confondus avec les *communistes-autoritaires*; vers cette époque, la clique marxiste s'empara du mot *collectivisme* et, bruyamment, le fit sien. Cette manœuvre mesquine n'avait qu'un but : jeter la confusion dans les groupements révolutionnaires et, grâce à cette épithète connue pour son sens anti-autoritaire, attirer les sympathies ouvrières, réfractaires aux théories germaniques.

C'est à une ficelle de même genre, que se raccrochent divers partis bourgeois, en s'affirmant *socialistes*.

ceux de Guesde lui-même, — et à les placer
en parallèle de leurs écrits et déclarations ré-
centes. Ce simple rapprochement, — sans même
qu'il soit besoin d'insister par de longs com-
mentaires, — suffira à mettre leur mauvaise
foi en pleine lumière.

On les verra tels qu'ils sont : des politiciens
sans scrupules ni conscience, variant suivant
les intérêts du moment et subordonnant tout à
leur ambition personnelle.

Ces palinodies n'ont d'ailleurs rien d'anor-
mal pour des politiciens : de tous temps, l'en-
vie mesquine des jouissances bourgeoises et
aristocratiques, l'ambition du pouvoir, la glo-
riole bête de commander et de dominer, ont
été génitrices de renégats.

Sans même remonter jusqu'à Emile Olivier,
républicain qui se fit le larbin de Badingue,
ils sont légion les Tolain et les Nadaud, devenus opportunards. Les Guesdistes peuvent
donc se flatter d'être en nombreuse compagnie
pour se consoler de sa malpropreté.

Le dada de Karl Marx, *la conquête des pou-
voirs publics*, a toujours été antipathique au
prolétariat révolutionnaire. D'instinct, il a vu
dans cette formule un dérivatif d'énergie; au
surplus, l'expérience du suffrage universel,
déjà probante à la fin de l'Empire, montrait
combien il est illusoire d'essayer œuvre libératrice, avec l'arme de pacotille qu'est le bulletin de vote.

D'autre part, les tendances centralisatrices et
les aspirations dictatoriales de Marx n'étaient
pas faites pour diminuer les méfiances des
Internationalistes. Aussi, fut-ce uniquement
grâce à de continuelles intrigues que, durant
quelques années, Karl Marx parut être la che-
ville ouvrière de l'Internationale.

En réalité, il en fut le désorganisateur : la

Suisse, la première, refusa d'obéir aveuglement aux volontés marxistes. A sa suite, la majeure partie des sections de France, d'Espagne et d'Italie, regimbèrent et secouèrent le joug.

Alors grêlèrent de Londres, calomnies et excommunications.

Toutes ces manigances autoritaires eurent leur épilogue au Congrès de La Haye, en septembre 1872 : le Conseil Général de l'Internationale, — qui ne désirait rien tant que de vivre sans Congrès! —le convoqua à regret, la main forcée par les Fédérations. Faisant bonne figure à mauvaise fortune il s'arrangea pour être majorité et y réussit, grâce au maquillage des mandats. Cela ne porta pas chance au marxisme: pour soustraire définitivement le Conseil Général aux influences *fédéralistes* et *autonomistes* on ne trouva rien de mieux que de transporter son siège de Londres à New-York; par contre, ses attributions furent largement augmentées, — ce qui ne lui infusa pas une vigueur nouvelle, — il advint à lui le sort des gouvernements en décadence : ils se consolent de leur rachitisme en exagérant sur le papier la rigueur des lois répressives.

Cette victoire des autoritaires fut le signal de la déconfiture de l'Internationale : le Conseil général, exilé à New-York, fut tenu pour une quantité plus que négligeable et, seules, survécurent à cet étrange congrès les sections fédéralistes.

Quant à Karl Marx, son prestige fortement atteint, il vivota à Londres, entouré de ses quelques séides, faisant des pieds et des pattes pour recruter un personnel nouveau.

Une excellente recrue pour Marx fut Jules Guesde.

Avant de trouver son chemin de Damas et

de devenir le Saint-Paul du Marxisme, le personnage a coqueté avec les anarchistes.

En novembre 1871, réfugié à Genève, il fut délégué au congrès de Sonvillier où, en réponse aux excommunications marxistes, fut décidée la fondation de la *Fédération Jurassienne*.

A ce congrès, Guesde n'y joua pas un rôle obscur et insignifiant : il fut un des deux secrétaires du congrès et, outre ça, il apposa sa signature, ainsi que tous les délégués, au bas de la *Circulaire à toutes les fédérations de l'Association Internationale des travailleurs*.

Cette *circulaire* proteste contre les agissements du Conseil Général de l'*Internationale* qui, de simple bureau de correspondance entre les sections qu'il devait être, s'était arrogé une autorité que nul ne lui avait consentie et était devenu, en fait, un gouvernement inamovible. Voici d'ailleurs la conclusion de cette *circulaire* :

« Nous n'incriminons pas les intentions du Conseil général. Les personnalités qui le composent se trouvent les victimes d'une nécessité fatale : elles ont voulu, de bonne foi et pour le triomphe de leur doctrine particulière, introduire dans l'*Internationale* le principe d'autorité : les circonstances ont paru favoriser cette tendance, et il nous paraît tout naturel que cette école, dont l'idéal est *la conquête du pouvoir politique par la classe ouvrière*, ait cru que l'*Internationale*, à la suite des derniers événements, devait changer son organisation primitive et se transformer en une organisation hiérarchique, dirigée et gouvernée par un Comité.

« Mais si nous nous expliquons ces tendances et ces faits, nous ne nous en sentons pas moins obligés de les combattre, au nom de cette Révolution Sociale que nous poursuivons et dont le programme est : « Emancipation des travailleurs par les travailleurs eux-mêmes, » en dehors de toute autorité directrice, cette autorité fût-elle élue et consentie par les travailleurs.

« Nous demandons le maintien dans l'*Internationale*, de ce principe de l'autonomie des sections, qui a été jusqu'à présent la base de notre Association ; nous demandons que le Conseil général, dont les attributions ont été dénaturées, rentre dans son rôle normal, qui est celui d'un simple bureau de correspondance et de statistique ; — et cette unité qu'on voudrait établir par la centralisation et la dictature, nous voulons la réaliser par la Fédération libre des groupes autonomes.

« La société future ne doit être rien autre chose que l'universalisation de l'organisation que l'*Internationale*, se sera donnée. Nous devons donc avoir soin de rapprocher le plus possible cette organisation de notre idéal. Comment voudrait-on qu'une société égalitaire et libre sortît d'une organisation autoritaire ? C'est impossible. L'*Internationale* embryon de la future société humaine, est tenue d'être, dès maintenant, l'image fidèle de nos principes de liberté et de fédération, et de rejeter de son sein tout principe tendant à l'autorité et à la dictature. »

Ces déclarations, formellement anarchistes, Guesde les signa, — ce qui lui valut (de même que tous ses co-signataires) d'être vilipendé par Karl Marx, fulminant contre les *automaniaques*, les *Bakounistes*.

Guesde ne fut même pas que vilipendé par son futur maître : il eut l'agrément d'être, par lui, traité quelque peu de *dénonciateur* et rendu responsable des arrestations accomplies dans le Midi de la France, pour affiliation à l'*Inter-*

nationale, — arrestations qui aboutirent au procès de Toulouse, (mars 1873).

Mais en vertu du dicton « l'amour souffle où il veut! » un jour vint où Guesde, touché par la grâce, connut les beautés du Marxisme. Dès lors, il en fut le plus acharné apôtre : il travailla d'arrache-pied à sa vulgarisation ; il ne se laissa pas décourager par la difficulté de faire goûter aux esprits français, amoureux de clair raisonnement, la métaphysique absconse de Karl Marx. Il s'y prit adroitement : aidé de Paul Lafargue et de Gabriel Deville, il s'infiltra dans les milieux socialistes et, au lieu d'afffirmer tout de go l'Evangile marxiste, il conserva en partie son bagage anarchiste et révolutionnaire puis, sous ce pavillon, importa en France l'indigeste logomachie du *Capital.*

Aujourd'hui, supposant l'œuvre de déviation révolutionaire à laquelle ils se sont attelés, radicalement accomplie, les Guesdistes délaissent formules et principes qui leur ont permis d'acquérir la confiance des masses socialistes ; ils visent à étouffer toute action économique et sociale et veulent restreindre l'agitation aux mesquineries électorales et parlementaires. La folie de gouverner les tourneboule et leur horizon se limite aux quatre murs de la Chambre des Députés.

II

LE SUFFRAGE UNIVERSEL

Il y a vingt ans, tous les révolutionnaires, à quelque école qu'ils appartinssent, blanquistes, indépendants ou anarchistes, avaient leur opinion faite sur le suffrage universel, qu'ils tenaient pour la plus grande mystification du siècle.

C'est ce courant formellement anti-parlementaire, qu'essaya d'endiguer la trinité marxiste, — Jules Guesde, Gabriel Deville, Paul Lafargue.

L'*Egalité*, journal hebdomadaire qu'ils fondèrent à la fin de 1877, et dont Guesde était le rédacteur en chef, fut, à Paris, leur principal champ d'action. Mais, ils n'eurent garde de découvrir brusquement leurs batteries ; ils s'intitulèrent *collectivistes* et, tout en crossant ferme le suffrage universel, ils préparèrent habilement les esprits à l'évolution *vers la politique* qu'ils désiraient.

Ils écrivirent de fulminants articles contre le « *leurre.* » De grand cœur ils le proclamaient mauvais, archi-mauvais ! mais, — en quelques lignes sournoises — ils glissaient leur venin parlementaire : « Pourquoi, disaient-ils, » n'userait-on pas de candidatures declasses, » *non pour remédier à l'état de choses actuel,* » mais rien que pour se compter... »

Et pour que cette pilule, qu'ils voulaient faire avaler aux masses ouvrières, passât sans protestations, ils accentuaient leurs malédictions contre le bulletin de vote.

Ecoutez la trinité Guesdiste, nous expliquant dans le N° 14 de l'*Egalité* (2 mars 1878)

que la **classe dirigeante se rira de la volonté populaire** tant qu'elle ne sera que légalement exprimée. Cette diatribe fut écrite
à propos des funérailles de Ledru-Rollin ; après
avoir rendu hommage au caractère révolutionnaire du mort et flétri les opportunards,
bafouilleurs et foireux, l'*Egalité* ajoute :

« Quant au suffrage universel dont Ledru-
Rollin n'est d'ailleurs pas l'inventeur, mais
qu'il aurait " organisé ", pourquoi ne le dirions
nous pas ? s'il l'a établi, s'il a contribué à
l'établir en 48, c'est comme Louis Bonaparte
devait le rétablir en 51, c'est-à-dire sans le
moindre profit pour le peuple travailleur.

« Non pas peut-être qu'il se rendît bien
compte de la stérilité de cette « grande réforme » dans les conditions d'inégalité économique où elle s'opérait. Non pas que nous
l'accusions d'avoir spéculé sur l'illusion de
cette souveraineté électorale attribuée à chacun et à tous, alors qu'avec la propriété du
sol et des autres instruments de travail, la
réalité de la souveraineté restait et devait
rester à la minorité possédante.

« Nous voulons croire à sa sincérité, — c'est-
à-dire à sa myopie. Mais, quelques pures
qu'aient pu être ses intentions, il n'en est pas
moins certain que le résultat de cette universalisation du suffrage, non accompagnée de
l'universalisation de la propriété, a été un
parfait zéro — et qu'il ne pouvait pas en
être autrement.

« Sous prétexte que le bulletin de vote suffi-
ait, et devait suffire à tout, le fusil, le droit
au fusil, a été rayé de l'arsenal populaire ; et
de ce bulletin, depuis trente ans qu'elle le
pratique, quelle amélioration a retirée la
masse laborieuse ?

« Aucune.

« Ni comme producteur, ni comme consommateur, ni comme contribuable, — contribuable de sang ou contribuable d'argent, — l'ouvrier devenu électeur n'a vu diminuer les charges qui l'écrasent ou réduire en quoi que ce soit son exploitation.

« Les salaires sont restés ce qu'ils étaient à l'époque du cens, c'est à-dire limités à ce qui est absolument indispensable, à l'entretien et à la reproduction de cet outillage humain que représentent les salariés.

« La conscription, avec ses risques de mort aussi inutile qu'obligatoire sur le champ de bataille de l'ambition de quelques-uns, a continué à transformer les victimes du capital approprié en défenseurs malgré eux des intérêts capitalistes.

« Contre ses efforts pour retenir une part moins dérisoire de son produit, le travail n'a cessé de rencontrer la même législation partiale élevant infranchissables, entre les travailleurs de la même ville, du même corps de métier, les frontières qu'elle a supprimées depuis longtemps entre les capitaux et les capitalistes de tous les pays et de tous les mondes.

« Et, nous le répétons, il ne pouvait pas en être différemment.

« S'imagine-t-on l'électorat accordé aux nègres de Cuba ou du Brésil sans que l'esclavage eut été préalablement aboli ? De quel secours pourrait être ce morceau de papier aux mains d'hommes qui ne s'appartiennent pas, dont l'existence est suspendue au caprice d'autrui ?

« Eh bien, le salariat sous le rapport de la dépendance dans laquelle il tient le travailleur blanc ne se distingue pas de l'esclavage noir. N'est-ce pas Edgard Quinet qui écrivait en 1872:

« Voter selon sa conscience (ses intérêts) est
» un danger pour le travailleur : paysan on lui
» retranchera son bail : ouvrier il perdra sa ri-
» che clientèle. Le voilà pour un bulletin sur la
» paille, lui, sa femme, ses enfants ! »

« Où et comment, d'autre part, « l'ouvrier de
sept ans », dont M. Jules Simon ne prenait la
défense dans ses livres que pour le fusiller
plus tard dans la rue avec les autres, où et
comment cet ouvrier dont la mine ou la ma-
nufacture a été la seule école, aurait-il appris
à user intelligemment, utilement de son bulletin
de vote ?

« Enfin en admettant que ce double écueil
du suffrage ouvrier ait pu être évité, que le
travailleur puisse et sache réclamer électo-
ralement son dû, c'est à-dire la terre qu'il
cultive, l'outillage qu'il met en œuvre, où
est la sanction des revendications électorales ?
Qui oserait soutenir qu'à la seule production
de pareils cahiers la nouvelle féodalité finan-
cière, industrielle et commerciale qui dispose
de je ne sais combien de gendarmes, de soldats
et de juges, baissera pavillon et cédera la
place ? *N'est-il pas, au contraire, de toute évi-
dence que le quatrième Etat aura beau avoir
le droit pour lui, la classe dirigeante qui a la
force se rira de sa volonté légalement exprimée?*

« Le suffrage universel qui a sa place mar-
quée dans une société égalitaire, quoique là
où la science aura pu être généralisée ce sera
elle plutôt que le nombre qui fera loi, *le suffrage universel n'est pas le moyen de réaliser
cette société qui ne sortira que de la lutte.*

« Et en le présentant comme tel aux déshé-
rités de l'ordre actuel, en le leur faisant ac-
cepter comme le salut, Ledru-Rollin a fait
peut-être plus de mal à la classe ouvrière
qu'avec la saignée qu'il pratiquait en juin à

coups de canon sur les plus vaillants de ses membres. »

Toujours sur le même sujet ouvrons l'*Egalité* au N° 33 (14 juillet 1878 :)

Un Leurre

« Ce que nous pensons du suffrage universel en matière d'émancipation économique ou sociale, on le sait.

« Loin d'avancer les affaires de la classe ouvrière, d'aplanir les voies au Quatrième Etat, il n'a servi, dans les conditions où il fonctionne depuis trente ans, et ils ne pouvait servir qu'à l'ennemi, à la classe dirigeante, dont il consolide la domination :

« 1° En divisant les prolétaires jusqu'alors réunis, soudés pour ainsi dire les uns aux autres par leur exclusion même de toute action gouvernementale, et en les entraînant à se battre entre eux « pour le choix de leurs maîtres politiques » ;

«2° En les leurrant de l'espoir mensonger d'un affranchissement graduel, pacifique, légal sortant des urnes qu'ils peuvent bien remplir de bulletins, mais dont la bourgeoisie est doublement maîtresse par ses capitaux et par son instruction;

« 3° En donnant une apparence de légitimité à un état de choses qui n'était et ne pouvait être jusqu'alors le produit, l'expression de la force, et, comme tel, toujours découvert contre la force . . . .

« Il ne saurait être inutile de mettre sous les yeux de ces aveugles volontaires (les électeurs) les lignes suivantes, empruntées à un ouvrage destiné à glorifier l'admission de tous au scrutin, le vote généralisé :

« Le suffrage universel, introduit dans une *nation* » *ne bouleverse pas le personnel gouvernemental*

» ainsi qu'on pourrait le croire. *Il laisse à peu près*
» *le pouvoir à la même couche sociale qui l'avait*
» avant son avènement, *se borne à des changements*
» *de personnes, et encore ceux-ci sont-ils moins*
» *nombreux qu'on ne pourrait le supposer.* Ce
» n'est que lentement, *après des années et des an-*
» *nées*, que des couches gouvernementales nou-
» velles se forment, se constituent sous son influence
» bienfaisante, pareilles aux couches géologiques
» qui prennent naissance dans le fond des océans.
» *Regardez en France les assemblées du règne de*
» *Louis-Philippe, celles de la République de février,*
» *celles de l'Empire, celles de la République ac-*
» *tuelle, et vous y verrez combien est exacte la loi*
» *que je viens de poser... Combien est-il arrivé*
» *dans nos parlements de membres appartenant à*
» *nos nouvelles couches sociales ?* **On les compte.**
» *Les personnes elles mêmes ont été peu changées.*
» *La majorité républicaine d'aujourd'hui n'est-elle*
» *pas en grande partie formée d'anciens monar-*
» *chistes qui gouvernaient sous la monarchie de*
» **Louis-Philippe et qui ont encore le pouvoir à**
» **cette heure,** *après s'être ralliés à la forme ré-*
» *publicaine. (1)* ».

« Cette page, sur laquelle nous appelons
toute l'attention de nos amis de la classe ouvrière, est signée Alfred Naquet, ancien socialiste, ancien intransigeant, actuellement député opportuniste de Vaucluse.

« Que les travailleurs la lisent et la relisent,
et si elle ne leur fait pas tomber les écailles
des yeux, si elle ne les arrache pas au mirage
dont ils sont victimes depuis si longtemps,
c'est qu'il sont incurables.

« On leur avait dit et il se sont laissés persuader qu'avec la barrière qui les tenait éloi-
gnés des urnes, tombait la dernière pierre de
leur longue prison politique et économique,

---

(1) — Cette citation est extraite d'une préface
écrite par Alfred Naquet pour *le Suffrage Universel*
de Paul Strauss.

que « c'est eux qui sont les princes », les souverains, les dirigeants, pour employer l'énergique expression de Mme Flocon, en 1848, et qu'ils feraient eux-mêmes leurs destinées; et il se trouve que depuis des années et des années qu'il existe, le suffrage universel, n'a rien changé, non seulement dans les lois, mais dans le personnel gouvernemental recruté aujourd'hui dans la même couche sociale, composé des mêmes personnes que sous la monarchie de Juillet, c'est-à-dire que les travailleurs pourtant électeurs qu'ils sont devenus, sont aussi dirigés, aussi sujets que par le passé, et sujets, qui pis est, de la même oligarchie capitaliste et propriétaire.

« On leur avait dit et ils s'étaient laissés persuader qu'à l'aide de leur bulletin de vote, mieux, plus sûrement et à moins de frais qu'avec le vieux fusil du 14 juillet, du 10 août, de Saint-Merry, etc., ils s'empareraient du pouvoir désormais échu au nombre et que, maîtres de ce pouvoir, il leur serait possible, facile de refaire légalement, parlementairement, au bénéfice de tous, un ordre social qui ne profite présentement qu'à quelques-uns; et voilà qu'après une élection présidentielle, deux plébiscites, huit élections générales législatives, le pouvoir est resté dans les mêmes mains, censitaires qui le défendaient en 1830.

« Impôts, crédits, services publics, devaient être réorganisés à l'image et à l'usage des prolétaires, par les prolétaires devenus majorité dans les assemblées nationales, comme ils sont majorité dans la nation; et, au lieu de cela, on est réduit à « compter les membres appartenant aux nouvelles couches sociales, qui sont arrivés dans nos parlements », et qu'ils n'y sont arrivés, faut-il ajouter, que pour renier ces nouvelles couches, les sacrifier à l'ancienne.

« De pareils résultats suffisent à juger une institution; et — encore une fois — si, mis aussi brutalement en présence de la mystification dont ils sont le jouet, les nouveaux serfs du capital ne reconnaissent pas leur erreur et persistent à attendre leur salut de ce qu'ils appellent l'arme pacifique et toute puissante du vote, et de ce qui n'est, en réalité, qu'un joujou de nouvel an, *la tranquillité des bourgeois, l'amusement des travailleurs*, ils ne pourraient s'en prendre qu'à eux-mêmes de leur misère prolongée :

Tu l'auras voulu Georges Dandin !

« Tu l'auras d'autant plus voulu que, pour ne te laisser aucune excuse, M. Alfred Naquet prend soin de te déclarer que cette stérilité du suffrage au point de vue ouvrier n'est pas un fait accidentel, tenant à des circonstances qui peuvent ou disparaître ou être modifiées, mais une loi, « une loi sociale qu'il constate comme il constaterait une loi chimique, par l'observation! »

« C'est même là-dessus qu'il compte pour convertir la bourgeoisie belge à abolir le cens; et pour notre part, nous ne comprendrions pas que cette dernière ne finît pas par se rendre à un argument aussi topique. »

On ne peut être plus catégorique; on ne peut condamner plus irrévocablement le suffrage universel...... Bast! Autant en a emporté le vent. Depuis, la bourgeoisie belge s'est rendue à l'*argument topique*, non sous l'injonction de Naquet, mais bien des socialistes parlementaires. Et les Guesdistes, oubliant leurs démonstrations formelles de la stérilité du suffrage universel, en ont profité pour entonner des chants d'allégresse.

Ecoutez encore Guesde lui-même disant son

fait à ce pauvre suffrage universel. C'est d'abord dans l'ALMANACH DU PEUPLE (jurassien) pour 1873 :

« *Rien de plus triste et de plus inexplicable* que le charme qu'exerce encore aujourd'hui le suffrage universel sur la généralité de la classe ouvrière..... Si cependant l'histoire des dernières années a démontré quelque chose c'est que l'émancipation politique du prolétariat, telle qu'elle résulte de son admission au scrutin, **est une duperie; c'est que toute intervention électorale de la classe laborieuse tournait fatalement au profit de son ennemie, la bourgeoisie.** »

Plus tard, dans une brochure, parue en 1878, sous le titre LA RÉPUBLIQUE ET LES GRÈVES, Guesde s'exprime ainsi :

« Si électeurs, si souverains qu'ils soient, les salariés qui ont pu au moyen de leur suffrage libérer intérieurement le pays, lui refaire des finances, un crédit, des frontières, etc., ont été impuissants, non seulement à réduire d'une heure les travaux forcés auxquels les condamne leur expropriation héréditaire de tout le capital existant, non seulement à accroître, si peu que ce soit, la part qui leur est attribuée sous forme de salaire, dans la richesse générale dont ils sont cependant les seuls producteurs ou reproducteurs annuels; mais même à retenir, à conserver les moyens insuffisants de subsistance préalablement acquis.

« *Quelle démonstration plus éclatante de la stérité, au point de vue ouvrier, de ce suffrage universel dont la plupart, hélas! encore dupes de la sophistique radicale, persistent à attendre leur émancipation graduelle et pacifique.* »

Bien oubliée aujourd'hui, est **la démonstration éclatante!** Jules Guesde, pratiquant les opinions successives avec le même galbe que

Jules Ferry, adore maintenant, ce qu'il a si bien éreinté autrefois. Le 25 juin 96, du haut de l'égrugeoir du Palais-Bourbon il nous a annoncé que :

« RIEN QUE PAR L'ARME LÉGALE DU SUFFRAGE UNIVERSEL, *l'armée collectiviste deviendra fatalement et avant peu, maîtresse du pouvoir, maîtresse de la République,* et alors, non plus au bénéfice de quelques agioteurs, mais au bénéfice de l'ensemble des travailleurs, elle procédera comme il a été procédé à la fin du siècle dernier par cette Révolution dont vous (la Bourgeoisie) essayez de vous couvrir : elle déclarera biens nationaux, les chemins de fer, les mines, les usines et la grande propriété terrienne... »

Voilà qui est on ne peut plus contradictoire avec les citations faites plus haut ; nous avons donc en présence deux Guesde, — celui d'antan et celui de 1896, — le premier traite le suffrage universel de *leurre* et de *mystification*, le second le prône comme l'arme libératrice par excellence. Or, pour qu'on ne puisse supposer qu'à la Chambre, sa langue a fourché, Guesde a, à nouveau et de plus belle, vanté les bienfaits du suffrage universel (1). Et lorsque son ami Millerand, renchérissant encore, a accentué ses déclarations pacifiques, Guesde, loin de protester, a opiné du bonnet :

« *Nous ne nous adressons qu'au suffrage universel,* clama Millerand au banquet des Municipalités, c'est lui que nous avons l'ambition d'affranchir économiquement et politiquement.... *Qu'on ne nous prête pas l'intention bouffonne de n'attendre que de la Révolution violente le triomphe de nos idées.....* »

_____

(1) Entre autres, au banquet des municipalités qui eut lieu à la Porte Dorée, le 31 mai 96.

Quelques jours auparavant à un rédacteur de l'Eclair (numéro du 15 mai 96) le même Millerand avait déclaré :

« Quant à ceux qui supposent gratuitement que nous attendons d'une révolution violente le triomphe des doctrines collectivistes, nous leur répondrons que *rien dans notre conduite* ne laisse percer semblable intention. Nous sommes trop heureux des succès toujours croissants que nous remportons auprès du suffrage universel pour songer à un autre moyen d'action. »

Une attitude plus piteuse encore est celle qu'eût Guesde à la tribune de la Chambre, le 16 juin 1896 ; après avoir apeuré les bouffe-galette avec l'*hydre* de l'Anarchie, il posa son socialisme comme un paratonnerre détournant la foudre populaire de la tête des riches :

« Prenez garde ! s'exclama-t-il, le jour où le socialisme viendrait à disparaître, vous seriez alors livrés sans défense aucune à toutes les représailles individuelles, à toutes les vengeances privées. Et c'est nous qui, en montrant aux travailleurs un affranchissement collectif, sortant et *ne pouvant sortir que d'une action politique* commune, **c'est nous qui constituons en réalité la plus grande société d'assurances sur la vie pour les féodaux de l'industrie.**

« Tant pis pour vous, surtout, si la propagande et l'organisation socialiste venaient à subir une éclipse momentanée. Vous vous trouveriez en face de désespoirs et de haines accumulés dont rien ne pourrait empêcher l'explosion….. »

Que nous sommes loin des opinions anciennes de Guesde : nous voici aux antipodes !

Le retournage de veste est complet, — aveugle qui le nierait !

III

IMPUISSANCE DE TOUTES LES MÉTHODES PACIFIQUES

Le titre de ce chapitre est emprunté au sous-Guesde, Gabriel Deville, qui, dans un Aperçu sur le socialisme scientifique, collé en tête d'un bouquin où il a résumé *Le Capital* de Karl Marx, s'exprime ainsi :

« L'argument cher à nos réformistes platoniques, c'est qu'il faut avant tout modifier les idées et les sentiments de la nation. Instruire le peuple, clament-ils, toute la question sociale est là, c'est dans les esprits que doit se faire la révolution.

« L'instruction est incapable d'atténuer en quoi que ce soit l'exploitation de la classe laborieuse. Pour si grands que fussent les progrès de son éducation, la majorité non possédante contrainte pour vivre à vendre sa puissance musculaire ou cérébrale, ne cesserait pas d'être sous la dépendance de la minorité possédante. L'universalisation de l'instruction sans l'universalisation de la propriété, ne changerait rien à la situation matérielle présente du salarié, les moyens de travail ne pouvant lui manquer dans une proportion moindre parce que, toujours dépossédé, il serait plus instruit.

« Si nous sommes forcés de constater qu'elle ne saurait amener la plus légère amélioration dans le sort du prolétariat, nous sommes loin de faire fi de l'instruction. Nous reconnaissons d'autant plus son utilité que, répandue dans la masse, elle aura une heureuse action au

point de vue révolutionnaire. Plus la masse
sera instruite, plus elle prendra vite conscience
de sa position d'exploitée, et moins elle sera
disposée à souffrir en silence ; tout salarié instruit sera bien près d'être un révolté. Mais, si
l'éducation de la classe ouvrière peut la pous-
ser à employer la force pour hâter la solution
nécessaire, elle est incapable de suppléer à cet
emploi. »

Voilà qui est net. Donc, d'après Gabriel Deville : la FORCE ! y a que ça. Écoutons-le maintenant crosser le suffrage universel :

« Au point de vue politique, la bourgeoisie
ressasse aux ouvriers que s'ils désirent des
réformes, ils sont souverains, ils ont le suffrage
universel opérant dans les conditions qu'il lui
a plu d'indiquer, au moment choisi par elle. Ils
seraient vraiment bien difficiles de ne pas se
contenter de cette arme de papier, avec laquelle ils ne peuvent rien contre ceux qu'ils
ont à combattre. . . . .

« La souveraineté sans la propriété n'est pas
seulement inutile, *elle est le plus perfide des
pièges*. . . . .

« Le suffrage universel voile, au bénéfice de
la bourgeoisie, la véritable lutte à entrepren-
dre. On amuse le peuple avec les fadaises poli-
ticiennes, on s'efforce de l'intéresser à la modi-
fication de tel ou tel rouage de la machine gouvernementale ; *qu'importe en réalité, une modi-
fication, si le but de la machine est toujours le
même, et il sera le même tant qu'il y aura des
privilèges économiques à protéger ; qu'importe à
ceux qu'elle doit toujours broyer, un changement
de forme dans le mode d'écrasement ?*

« Prétendre obtenir par le suffrage universel
une réforme sociale, prétendre arriver par cet
expédient à la destruction de la tyrannie de
l'atelier, de la pire des monarchies, de la mo-

narchie patronale; c'est singulièrement s'abuser sur le pouvoir de ce suffrage. Les faits sont là : qu'on examine les deux pays où le suffrage universel fonctionne depuis longtemps, favorisé dans son exercice par une plénitude de liberté dont nous ne jouissons pas en France.

« Lorsque la Suisse a voulu échapper à l'invasion cléricale; lorsque les Etats-Unis ont voulu supprimer l'esclavage : ces deux réformes, dans ces pays de droit électoral, n'ont pu sortir que de l'emploi de la force; la guerre du Sonderbund et la guerre de sécession sont là pour le prouver. »

La FORCE, brutale, violente... est donc pour Deville l'unique accoucheuse du progrès; citons-le encore :

« Pour modifier l'homme et ses institutions, il faut commencer par modifier le milieu économique dont ils sont le produit. Bien que conforme aux conditions économiques du moment, une transformation sociale telle que l'abolition de l'esclavage aux Etats-Unis et l'abolition du salariat actuellement chez nous, ne s'opère pas sans perturbation violente. L'ordre de choses ancien, matrice de l'organisme supérieur appelé à le remplacer, ne subit pas sans résister l'éclosion des éléments nouveaux qu'il a engendrés : tout enfantement est accompagné d'effusion de sang . . . .

« Qu'on le déplore ou non, la force est le seul moyen de procéder à la rénovation économique de la Société. Quoique les intérêts que représente le parti ouvrier soient ceux de la majorité, il n'est encore que la minorité consciente du prolétariat, et néanmoins il fait appel à la force; quel aveuglement, s'écrie-t-on! En le critiquant sur ce point, on oublie que la plupart des révolutions sont l'œuvre de minorités dont la volonté tenace et courageuse a été secondée par l'apathie de majorités moins énergiques. Serions-nous en République, si on avait attendu avant de l'établir, l'adhésion de la majorité du pays à l'idée républicaine ?

« Le nombre est une force, mais il n'est pas à lui seul la force ; il peut en être simplement un des éléments, au même titre que le degré de développement, l'énergie, l'organisation, les armes dont on dispose.

« Le nombre ne suffit pas, du reste, pour dispenser de l'emploi de la force. En 1789, le tiers-état était majorité dans la nation, il était majorité dans les états-généraux, malgré cette situation, sans le 14 Juillet il aurait échoué : « cette petite action de guerre, » a déclaré le 29 juin 1880, à la tribune du Sénat, un historien bourgeois, M. Henri Martin, « sauva l'avenir de la France. »

« Les révolutionnaires n'ont pas plus à choisir les armes qu'à décider du jour de la révolution. Ils n'auront à cet égard qu'à se préoccuper d'une chose, de l'efficacité de leurs armes, *sans s'inquiéter de leur nature*. Il leur faudra évidemment, afin de s'assurer les chances de victoire, n'être pas inférieurs à leurs adversaires et, par conséquent, *utiliser toutes les ressources que la science met à la portée de ceux qui ont quelque chose à détruire*. Sont mal venus à les blâmer ceux qui les forcent à monter à leur niveau, qui, dans notre siècle dit civilisé, président aux boucheries humaines l'ensanglantant périodiquement, et s'attachent à perfectionner les engins de destruction... »

Lisez attentivement les quelques dernières lignes soulignées : Gabriel Deville en dit long, en peu de mots ! Heureusement pour lui que Puybaraud n'était pas encore inventé !

Arrêtons-nous ! aussi bien le caractère du

Deville, ancien modèle, est assez défini. De ce
Deville, autrefois pourfendeur de l'anarchisme,
il ne reste rien, — moins que rien : un député !

Pour être élu dans le quatrième arrondis-
sement de Paris, ce sous-Guesde n'a pas tourné
autour du pot : il a carrément flanqué par des-
sus bord tout son passé révolutionnaire :

« *Jadis*, a-t-il déclaré (1), *j'ai pu croire à l'efficacité de la violence, j'ai pu avoir confiance
dans la force brutale.* Mais comprenant que
l'affranchissement du prolétariat devait être
l'œuvre non d'une minorité en révolte, mais
d'une majorité consciente, *je reviens sur ces
écrits qu'on veut me reprocher.....* »

Et voilà ! c'est pas plus malin que ça ; en
quelques paroles on renie tout ce qu'on a pu
dire ou faire de gênant pour les ambitions
présentes... Et on se croit un honorable
mossieu !

—o—

Inutile de nous étonner ! Continuons à enre-
gistrer les VARIATIONS de ces politiciens qui
ont le culot de se baptiser " socialistes scien-
tifiques. "

On sait qu'aujourd'hui, *la conquête des municipalités* est devenue une des préoccupations
essentielles des Guesdistes qui, de cette « conquête, » attendent des résultats mirifiques.

Là encore, sans remonter bien haut, nous
allons les prendre en flagrante contradiction.
Ouvrons LE PROGRAMME DU PARTI OUVRIER,
édition de 1890, publié par Guesde et Lafargue ;
à la page 49, nous lisons ce qui suit :

« Le Parti Ouvrier n'espère pas arriver à la
solution du problème social par « la conquête

---

(1).— Entre autres, dans une réunion tenue au
gymnase Pascaud, le 27 mai 1896.

du pouvoir administratif » dans la commune.
Il ne croit pas, il n'a jamais cru que — même
débarassée de l'obstacle du pouvoir central —
la voie communale puisse conduire à l'émancipation ouvrière, et que, à l'aide des majorités
municipales socialistes, des réformes sociales
soient possibles et des réalisations immédia-
tes. »

IV

CONTRE L'ÉTAT

Un point sur lequel on suppose que les Guesdistes n'ont pas dû varier est leur opinion sur
l'*Etat*. On imagine facilement ces Socialistes de
caserne, limitant toute vie au fonctionnement
de multiples rouages gouvernementaux.

Eh bien, non! Ici encore, ils ont varié du
tout au tout. Ecoutez Gabriel Deville, condam-
nant l'Etat (1) :

« L'Etat n'est pas, « l'ensemble des services
publics déjà constitués », c'est-à-dire quelque
chose qui n'a besoin que de corrections par ci,
d'adjonctions par là.

« *Il n'y a pas à perfectionner, mais à supprimer l'Etat, qui n'est que l'organisation de la
classe exploitante pour garantir son exploitation
et maintenir dans la soumission ses exploités.
Or, c'est un mauvais système pour détruire quelque chose que de commencer par le fortifier. Et*

(1) *Aperçu sur le Socialisme*, dans *le Capital*,
pages 16 et 17.

ce serait augmenter la force de résistance de
l'Etat que de favoriser l'accaparement par lui
des moyens de production, c'est-à-dire de domination. Ne voyons-nous pas les ouvriers des
industries d'Etat courbés, comparativement aux
autres, sous un joug plus pénible à secouer ?

« Tandis qu'elle serait, de la sorte, préjudi-
ciable aux ouvriers, la transformation en services publics, par les rachats auxquels elle
donnerait lieu, serait une source nouvelle de
tripotages financiers et bénéficierait aux capitalistes.

« D'autre part, cette transformation ne faci-
literait en rien la tâche du socialisme. Il ne
sera pas plus difficile de s'emparer de la Ban-
que de France ou des chemins de fer que des
postes et télégraphes ; la prise de possession
des grands organismes de production appartenant à des sociétés de capitalistes, sera aussi
aisée que s'ils appartenaient à l'Etat. ».

—o—

Deville n'est pas seul à avoir pourfendu
l'Etat ; dans un *Catéchisme socialiste* édité à
Bruxelles en 1878, par Kistemaeckers, Guesde
a condamné l'Etat, de façon on ne peut plus
catégorique ; sauf le mot, c'est de l'Anarchie.
Voici textuellement ce chapitre, le neuvième
du fameux catéchisme :

D. — Qu'est-ce que l'Etat ?

R. — L'Etat, qui a pour fonction essentielle,
constitutive, de régler les rapports des membres du corps social et d'assurer ainsi l'ordre
dans la Société, est l'organe de la loi.

D. — Comment l'Etat s'acquitte-t-il de sa
fonction ou par qui est faite la loi ?

R. — Par un seul homme, prêtre ou roi, dont
la volonté, le bon plaisir sont souverains, dans
l'Etat théocratique ou monarchique ; par une

minorité également souveraine, dans l'État oligarchique ou aristocratique, *et par une minorité encore, dans l'État démocratique, où cependant la loi est censée faite par tous.* Dans tous les pays dits de suffrage universel, en effet, ce n'est jamais que la majorité de la population mâle au-dessus d'un certain âge, c'est-à-dire une infime minorité du corps social, qui fait prévaloir sa volonté sous le nom de loi, soit directement, soit, le plus souvent, indirectement, par voie de mandataires.

D. — D'où il suit que dans l'État le plus démocratique, la loi faite par quelques-uns ne représente toujours que la volonté, le bon plaisir de ces quelques-uns ?

R. — Oui, et ce qui en résulte encore, c'est que les rapports de tous ainsi réglés par quelques-uns le sont nécessairement à l'avantage de ces quelques-uns et au détriment de tout ce qui n'est pas eux.

D. — Ne saurait-il en être autrement, ne serait-il pas possible de perfectionner l'organe législatif ou l'État, de telle sorte que la loi, réellement œuvre de tous, représente la volonté et sauvegarde les intérêts de tous?

R. — Non, car en admettant que le suffrage put être étendu à tous, sans exception de sexe ni d'âge — ce qui constitue une première impossibilité — et en supposant, d'autre part, que l'universalité des membres du corps social fut appelée à régler par un vote direct les rapports qui devront exister entre eux, la loi qui sortirait des urnes serait toujours l'œuvre de la majorité des votants et ne représenterait jamais que la volonté, le bon plaisir de cette majorité, dont les intérêts seuls seraient sauvegardés.

D. — En tant que facteur législatif, l'État, sous toutes ses formes, est donc fatalement oppressif d'une fraction du corps social?

R. — Si, la seule loi que puisse donner l'Etat est nécessairement oppressive de la majorité ou de la minorité ; et c'est ce qu'à défaut de raisonnement suffiraient à établir expérimentalement la fonction additionnelle et l'organe complémentaire dont l'Etat législateur a partout et toujours dû se compliquer.

Partout et toujours, en effet, au règlement des rapports entre les membres du corps social ou à la fabrication de la loi, qui était sa fonction normale, l'Etat a dû ajouter le maintien de ces rapports tels qu'il les avait réglés ou l'observation, l'exécution de la loi ; partout et toujours, d'organe législatif il a dû se transformer en organe exécutif, sous la forme administration, magistrature, police, armée, etc. Et cette fonction nouvelle a dû être de plus en plus considérée comme la principale, et cet organe nouveau a dû devenir de plus en plus prépondérant, au point de constituer aujourd'hui à peu près tout l'Etat.

Or, pourquoi cette sortie de l'Etat hors de ses limites naturelles ? Pourquoi l'ordre demandé de plus en plus à l'oreille et à la poigne du mouchard, à la complaisance et à la sévérité du juge, à la baïonnette passive du soldat, etc., si les rapports des membres du corps social avaient été, avaient pu être réglés dans l'égal intérêt de tous, si la loi donnée par l'Etat ne lésait, pouvait ne léser personne ?

D. — L'Etat, convaincu par sa constitution même de ne pouvoir donner qu'une loi arbitraire, partiale, violatrice des droits et des intérêts de ceux-ci ou de ceux-là, ou, ce qui revient au même, d'être incapable de donner la loi sociale, doit donc être détruit ?

R. — Sans aucun doute. Instrument de règne d'un homme ou d'une classe sur les autres hommes ou les autres classes, il ne saurait échapper aux coups de ceux qui poursuivent l'égalité sociale.

D. — Mais peut-il l'être ? *Est-il possible*, en d'autres termes, *de concevoir*, *d'obtenir une société sans Etat* ?

R. — *Assurément*. Il suffit pour cela que la Société soit organisée ou réorganisée de telle sorte que chacun des êtres qui la composent soit également avantagé et ait par suite un égal intérêt à sa conservation. *L'Etat devient alors inutile* ; l'ordre qu'il a pour unique mission de maintenir et qu'il ne maintient qu'artificiellement et incomplètement, à un prix de sang et d'argent de plus en plus énorme, résultant naturellement, nécessairement, de l'égale satisfaction des besoins de tous.

D. — Si fondée sur l'égal intérêt de chacun de ses membres que soit la société de demain, elle se trouvera cependant comme la société d'aujourd'hui, en face de voies ferrées et de routes à créer ou à entretenir, de ports et de phares à établir et à améliorer, et de quantité d'autres services dits publics parce qu'ils ont pour but direct ou indirect l'intérêt de tous et qu'ils sont exécutés avec le concours direct ou indirect de tous, dont l'Etat est actuellement chargé ?

R. — Qui le nie ? Mais ces services ou travaux publics dont l'Etat s'est emparé par endroit dans un but de domination et d'exploitation — *ce qui a fait dire à quelques socialistes que l'Etat n'était pas à détruire, mais à conquérir et à réformer* — lui sont absolument étrangers. Et, la preuve en est que les uns, comme les chemins de fer et les mines, — dans les pays où l'Etat s'est occupé des mines et des chemins de fer — ne sont restés qu'un moment entre ses mains d'où ils sont passés à des compagnies particulières ; d'autres, comme les postes et les télégraphes, qu'il administre lui-même, ont été par lui détournés de leur but, et de moyens de communication qu'ils auraient dû être, sont devenus entre ses mains des moyens de suspendre, d'entraver les communications entre les membres du corps social.

Les divers services publics dans la Société de demain pourront être exécutés selon leur nature par l'universalité des membres de ces groupes producteurs ou par les délégués temporaires d'une partie ou de la totalité de ces groupes, **sans donner lieu à aucun Etat, c'est-à-dire à aucune distinction des membres du corps social en gouvernants et gouvernés, en légiférants et en légiférés, en administrateurs et en administrés.** A moins que par ce vieux terme de l'Etat, qui a partout et toujours signifié l'organisation de l'autorité de l'homme sur l'homme, on ne tienne à désigner une chose essentiellement nouvelle, l'organisation de la conservation et du développement de l'homme par l'homme. Mais — *c'est aux socialistes réformateurs de l'Etat que je le demande,* — est-il, je ne dis pas nécessaire, mais *prudent de confondre sous une même dénomination des buts aussi différents* que la liberté, le bien-être de tous et l'exploitation du plus grand nombre par quelques-uns, poursuivis par des moyens aussi différents que le libre concours des volontés et des bras et la coercition en tout et pour tout ? *N'est-ce pas prêter inutilement le flanc à nos adversaires,* pour qui le socialisme ne poursuit pas l'émancipation de l'être humain dans la personne de chacun des membres de la collectivité, mais la conquête du pouvoir au profit d'une minorité ou d'une majorité d'ambitieux, jaloux de dominer, de régner, d'exploiter à leur tour ? »

Qui reconnaîtrait dans ce Guesde si formellement anti-étatiste, le député de Roubaix, farouche *réquisitionneur* ?

C'est pourtant le même homme, — dont le langage a *évolué* avec la situation.

Guesde nous apprend d'abord que, même dans l'Etat démocratique où la loi est censée faite par tous, elle n'est — et ne peut être que l'expression d'une minorité oppressive. Il ajoute que le suffrage universel n'est pas universel et, — pour se trouver tout à fait d'accord avec nous, — il assure qu'en admettant qu'on pût voter directement les lois (ce qui est un dada auquel, sous le nom de *législation directe,* se sont dernièrement raccrochés les blanquistes et quelques allemanistes) il y aurait encore duperie car, en mettant les choses au mieux, la majorité opprimerait la minorité.

Donc, l'Etat est à détruire. Et Guesde affirme qu'il est possible de concevoir et d'obtenir une société sans Etat : *Il suffit que chacun soit également avantagé et ait par conséquent un égal intérêt à la conservation de la société.*

C'est là de l'anarchisme, — tout ce qu'il y a de plus pur !

Bien mieux, rétorquant, par avance, les sophismes du Guesde de 1896, le Guesde de 1878 parle de ce que l'on est convenu de dénommer « services ou travaux publics. » Il explique que ces services qui ont fait dire à quelques socialistes à courte vue qu'il fallait conserver et améliorer l'Etat, lui sont tout à fait étrangers. Quand, par malheur, l'Etat s'empare des chemins de fer, du service des postes, etc., ce n'est pas pour améliorer ces services, mais, au contraire, les stériliser et les détourner de leur but.

Puis, avec une largeur de vue dont il n'y a qu'à le féliciter, le Guesde de 1878 explique

que tous ces « services publics » seront exécutés, dans la société sans Etat, par les membres des groupes producteurs, sans donner lieu
à aucune distinction en gouvernants et gouvernés.

Dans sa conclusion, notre catéchiseur, en
quelques lignes formelles, condamne l'attitude
des *Socialistes réformateurs de l'Etat* : il leur
démontre qu'il est imprudent de confondre
sous un même vocable la société de demain où
il n'y aura ni exploiteurs ni exploités, ni gouvernants ni gouvernés, ni administrateurs ni
administrés, avec la Société actuelle.

Le mot *Etat*, dit-il, indique la conquête du
pouvoir au profit d'une minorité ou d'une majorité d'ambitieux, — il ne peut avoir d'autre
signification, — aussi est-il à mettre au rebut
par les vrais socialistes.

—o—

Les anarchistes que le Guesde de 1896 ana-
thématise ne parlent pas autrement.

Il n'en est plus de même de lui ! Dans un
grand discours, à la Chambre, le 25 juin, il a
esquissé le fonctionnement d'une société Guesdiste. Le tableau n'a rien d'enchanteur : il lé-
gitime toutes les critiques que les anarchistes
formulent contre le socialisme autoritaire.

Il n'est naturellement plus question de supprimer l'Etat, — à peine songe-t-on à le réformer !

Guesde a expliqué que, dans la société collectiviste, si, à bien des points de vue, l'anta-
gonisme des intérêts est relégué aux vieilles
lunes, il ne sera pourtant pas extirpé radicalement : la loi de l'offre et de la demande y fonc-
tionnera quand même, seulement, au lieu de
s'appliquer au tarif des salaires, elle s'appli-
quera aux côtés agréables ou non du travail.

Ce qui signifie que nous n'en aurons pas

encore fini avec les *luttes de classe* : derrière
le Quatrième Etat triomphant se dressera un
Cinquième Etat, pouilleux, mal bâti, misérable.

Les forts, les intelligents, les bougres ma-
rioles, tiendront alors le haut du pavé : les
fonctions gouvernementales, les professions
baptisées aujourd'hui « libérales » seront le lot
de l'aristocratie ouvrière.

Et la muflerie qu'étalent journellement les
parvenus bourgeois nous permet de supposer
que ces nouvelles couches de jouisseurs seront
aussi rossardes pour les déchards du Cinquième Etat que les bourgeois le sont actuellement
envers les salariés.

Ce n'est pas tout, voici le bouquet :

« *En admettant, a déclaré Guesde, que la
loi de l'offre et de la demande n'arrive pas à
assurer l'exécution de certains travaux, dont
personne ne voudrait, nous ne serons pas pour
cela à bout de moyens :* **il nous restera la
réquisition...** »

Et afin qu'il n'y ait pas d'erreur possible,
pour qu'on ne puisse supposer qu'il a fait un
pataquès et a employé un mot aussi impropre
que malpropre, il a expliqué :

« *Que ce n'est pas lui qui a inventé la réquisition, qu'elle se trouve dans les Codes bourgeois et que si lui et ses amis sont obligés d'y
avoir recours, ils ne feront* **qu'emprunter un
des rouages de la société actuelle...** »

Conclusion : Dans la société collectiviste, la
liberté serait une formule aussi vide de sens
qu'aujourd'hui.

Rien ne serait changé au système actuel : la
charrue continuerait à être avant les bœufs,
— la production passerait avant la consomma-
tion, — et avant de mettre un homme à même

d'exercer utilement ses forces, avant qu'il ait mangé, on lui ordonnerait de travailler.

Et qu'arriverait-il, si un récalcitrant ne voulait pas subir de bon gré la réquisition ?

Le laisserait-on libre ? Si oui, pourquoi parler de réquisition ?

La chose probable, c'est que les agents de l'Etat-Patron, lui imposeraient leurs volontés, CAR, a dit Bebel, CELUI QUI NE TRAVAILLERA PAS, NE MANGERA PAS.

Ils chercheraient donc à l'empêcher de manger......

Et si le récalcitrant voulait manger quand même ?

Guesde et les sous-Guesde devenus les fonctionnaires de l'Etat-collectiviste prendraient-ils le réfractaire au collet ?

Evidemment, ils ne se déganteraient pas pour opérer eux-mêmes et feraient faire la besogne par le menu fretin enrégimenté.

Dans cet ordre d'idées, de fil en aiguille, nos Guesdistes arriveraient à faire un tas " d'emprunts" aux rouages de la société actuelle.

Ils "emprunteraient" d'abord la réquisition. Dès lors, ce serait fini ! Ils seraient sur la pente glissante : il n'y aurait plus moyen de s'arrêter !

La réquisition entraînerait "l'emprunt" de gendarmes et de policiers;

Policiers et gendarmes exigeraient "l'emprunt" de juges;

Les juges nécessiteraient "l'emprunt" des prisons.

Et, d'emprunt en emprunt, il se trouverait que Société Collectiviste et Société Bourgeoise seraient identiques galères.

V

CONCLUSION

Faire réfléchir les collectivistes de bonne foi, les camarades d'atelier qui se sont engoués pour le socialisme d'Etat, — tel a été le but que je me suis proposé en notant dans les pages précédentes les VARIATIONS déjà considérables de la nouvelle couche de politiciens qui aspirent à nous gouverner.

Ces nouveaux venus n'ont fait qu'emboîter le pas à leurs cyniques et innombrables prédécesseurs, car, à bien voir, l'histoire n'est que la narration des pasquinades et des retournages de vestes des ambitieux qui ont capté les faveurs populaires grâce à une langue dorée et à des phrases pompeuses.

De tous temps, pour amadouer les foules, ces pîtres ont commencé par afficher un révolutionnarisme chauffé à blanc. Et cela, jusqu'au jour où, les classes dirigeantes, les hommes au pouvoir, se sont préoccupés de ces tapageurs et — pour éviter d'avoir maille à partir avec le peuple — ont fait une place à ces tribuns dans leur Société.

Et ces fougueux démolisseurs se sont, dès lors, révélés impudents prêcheurs de calme!

Peut-on imaginer attitude plus répugnante que celle de Guesde, anarchiste il y a une vingtaine d'années... Et aujourd'hui, se faisant sans vergogne le calomniateur de ceux qui professent ses anciennes opinions! Ce qu'il n'ose dire, son ami, l'énergumène Chauvin, l'a hurlé à la

Maison du Peuple de la rue Ramey, — et ailleurs aussi!

« Au jour de leur triomphe le premier soin des Guesdistes sera de fusiller les anarchistes... parce qu'ils sont des réactionnaires. »

—o—

Hélas, le peuple est oublieux! Les renégats ont beau jeu à lui tenir tête : en quelques années le passé s'évapore, et alors, dans leur nouvelle posture, les transfuges triomphent; avec un aplomb charlatanesque ils clament leurs _convictions_.

Il serait temps, grand temps, que les travailleurs, se convainquant que LA POLITIQUE EST LA NÉGATION DU SOCIALISME, arborent un scepticisme guilleret lorsqu'un ambitieux vient leur faire offre de _son dévouement_.

Cela est d'autant plus nécessaire que toute tentative d'émancipation sera illusoire tant que nous ne serons pas nous mêmes, que nous ne penserons pas par nous mêmes, que nous agirons autrement qu'en vertu de notre initiative.

Le mot d'Anacharsis Clootz est toujours de saison : _il faut nous guérir des individus!_

Paris. — Impr. A. Gauthey, 120, rue Lafayette.